深呼吸の必要

長田 弘

ハルキ文庫

JN209433

角川春樹事務所

解説　小川洋子
本文画　西　淑

深呼吸の必要　目次

あのときかもしれない

おおきな木

あのときかもしれない

一

　きみはいつおとなになったんだろう。きみはいまはおとなで、子どもじゃない。子どもじゃないけれども、きみだって、もとは一人の子どもだったのだ。

　子どものころのことを、きみはよくおぼえている。水溜まり。川の光り。カゲロウの道。なわとび。老いたサクランボの木。学校の白いチョーク。はじめて乗った自転車。はじめての海。きみはみんなおぼえている。しかし、そのとき汗つぶをとばして走っていた子どものきみが、いったいいつおとなになったのか、きみはどうしてもうまくおもいだせない。

きみはある日、突然おとなになったんじゃなかった。気がついてみたら、きみはもうおとなになっていた。なった、じゃなくて、なっていたんだ。ふしぎだ。そこには境い目がきっとあったはずなのに、子どもからおとなになるその境い目を、きみがいつ跳び越しちゃってたのか、きみはさっぱりおぼえていない。

確かにきみは、気がついてみたらもうおとなになっていた。ということは、気がついてみたらきみはもう子どもではなくなっていた、ということだ。それじゃ、いったいいつ、きみは子どもじゃなくなっていたんだろう。いつのまにか子どもじゃなくなって、いつのまにかおとなになっていた。そうだろうか。自分のことなんだ。どうしてもっとはっきりその「いつ」がおもいだせないんだろう。きみがほんとうは、いつおとなになったのか。いつ子どもじゃなくなってしまっていたか。その「いつ」がいつだったのか。

きみがいつ子どもになったかなら、きみはちゃんと知っている。それは、きみが歩けるようになり、話せるようになったときだ。二本の足でちゃんと立ってちゃんと話せるようになったとき、きみは赤ちゃんから一人の子どもになった。それに、きみがいつ赤ちゃんになったかなら、正確にその日にちまで知っている。それはきみが生まれた日、きみの誕生日だ。きみは自分の誕生日に遅刻しないで、ちゃんと生まれた。そして、一人の赤ちゃんになった。

で、いつ、きみは子どもからおとなになったのか。あのときだろうか。あのときだ、きっとそうだ。だがきみは、すぐに打ち消す。そうじゃない、べつのあのときだ。いや、それもちがう。またべつのあのときだろう。そうだ、そうにちがいない。しかし、待てよ、子どもはただ一どしかおとなになれないんだ。それならば、おかしい。きみがおとなになった「あのとき」がそんなにいくつもあるはずがない。

じゃあ、どの「あのとき」が、きみのほんものの「あのとき」なのか。子どもとおとなは、まるでちがう。子どものままのおとななんていやしないし、おとなでもある子どもなんてのもいやしない。境い目はやっぱりあるんだ。でも、それはいったいどこにあったんだろう。ほんとうに、いったいいつだったんだろう。子どもだったきみが、「ぼくはもう子どもじゃない。もうおとななんだ」とはっきり知った「あのとき」は？

二

　きみが生まれたとき、きみは自分で決めて生まれたんじゃなかった。きみが生まれたときにはもう、きみの名も、きみの街も、きみの国も決まっていた。きみが女の子じゃなくて、男の子だということも決まっていた。

　一日は二十四時間で、朝と昼と夜とでできている。日曜は週に一どだ。十二の月で一年だ。そういうこともぜんぶ、決まっていた。

きみはきょう眠った。だが目がさめると、きょうは昨日で、明日がきょうだ。それも決まっていた。きみが今夜寝て、一昨日の朝起きることなど、けっしてなかった。

きみが生まれるまえに、そういうことは何もかも決まってしまっていたのだ。きみがじぶんで決められることなんか、何ものこされていないみたいだった。赤ちゃんのきみは眠るか、泣くかしかできなかった。手も足もでなかった。手も足もすっぽり、産着にくるまれていた。

はるばるこの世にやってきたというのに、きみにはこの世で、することが何ひとつなかった。ただおおきくなることしか、きみはできなかった。それだってもともと決まっていたことだ。赤ちゃんのきみは何もできないじぶんがくやしかった。いつもちっちゃな二つの掌《てのひら》を二つの拳にして、固く握りしめていた。

ところが、きみが一人の赤ちゃんから一人の子どもになり、立ちあがってじぶんで歩きだしたとき、そのきみを待ちぶせていたのは、まるでおもいもかけないことだったのだ。きみがじぶんで決めなければ、ほかにどうすることもできないようなことだった。きみはあわて、うろたえ、めんくらった。何もかも決められていたはずじゃなかったのか。だが、そうおもいこんでいたきみはまちがっていた。

きみが生まれてはじめてぶつかった難題。きみが一人の男の子として、はじめて自分で自分に決めなければならなかったこと。それは、きみが一人で、ちゃんとおしっこにゆくということだった。おしっこしたいかしたくないか、誰かにそれを決めてもらうことはできない。我慢するかしないか、ほかのひとに代わって我慢してもらうことはできない。きみにしかできない。きみは決心する。一人でちゃんとおしっこをする。

つまり、きみのことは、きみが決めなければならないのだった。きみのほかには、きみなんて人間はどこにもいない。きみは何が好きで、何がきらいか。きみは何をしないで、何をするのか。どんな人間になってゆくのか。そういうきみについてのことが、何もかも決まっているみたいにみえて、ほんとうは何一つ決められてもいなかったのだ。

そうしてきみは、きみについてのぜんぶのことを自分で決めなくちゃならなくなっていったのだった。つまり、ほかの誰にも代わってもらえない一人の自分に、きみはなっていった。きみはほかの誰にもならなかった。好きだろうがきらいだろうが、きみという一人の人間にしかなれなかった。そうと知ったとき、そのときだったんだ。そのとき、きみはもう、一人の子どもじゃなくて、一人のおとなになってたんだ。

三

大通り。裏通り。横丁。路地。脇道。小道。行き止まり。寄り道。曲がり道。廻《まわ》り道。どんな道でも知っていた。

だけど、広い道はきらいだ。広い道は、急ぐ道だ。自動車が急ぐ。おとなたちが急ぐ。広い道は、ほんとうは広い道じゃない。広い道ほど、子どものきみは肩身が狭い。ちいさくなって道の端っこをとおらなければならないからだ。広い道は、子どものきみには、いつも狭い道だった。

　きみの好きな道は、狭い道だ。狭ければ狭いほど、道は自由な道だった。下水があれば、きみはわざわざ下水のふちを歩いた。土手を斜めにすべりおちる道。それも、うえから下りるだけなんてつまらない。逆に上るんだ。走って上るなら、誰だってできる。きみはできるだけゆっくり上る。ずりおちる。

　白い石塀のうえも、道だった。注意さえすれば、自動車も犬もとおれない、それはきみと猫だけの安全な道だった。身体のバランスをうまくとって、平均台のうえを歩くときのように、きみは歩く。だが突然、きみは後ろから怒鳴られる。「どこを歩いてるんだ。危ないぞ」。その声にびっくりして、おもわずバランスを崩して、きみは墜《お》ちる。きみは不服だ。「危ないぞ」だなんて、いきなり、それも後ろから怒鳴るなんて、危ないじゃないか。しかし、二どと石塀のうえの道は歩かなかった。

何でもない道だったら、小石をきれいに蹴りながら歩いた。石を下水に落とさず、学校から家まで、誰にも邪魔させずに蹴りつづけてかえったのが、きみの最高記録だ。どんな石でもいいわけじゃない。野球選手がバットケースからバットを択《えら》びだすときのような目で、きみは小石を慎重に拾う。丸くて平べったい石がいい。道をスーッと、かるくすべってゆく石がいい。気にいった石がきみの蹴りかたがまずくて下水に落ちると、きみは口惜《くや》しかった。

子どものきみは、道をただまっすぐに歩いたことなどなかった。右足をまえにだす。次に、左足をまえにだす。歩くってことは、その繰りかえしだけじゃないんだ。第一それじゃ、ちっともおもしろくも何ともない。きみはそうおもっていた。こんどはこの道をこう歩いてやろう。どんなゲームより、どんな勉強より、それをかんがえるほうが、きみにはずっとおもしろかったのだ。

いま街を歩いているおとなのきみは、どうだろう。歩くことが、いまもきみにはたのしいだろうか。街のショーウィンドウに、できるだけすくなく歩こうとして、急ぎ足に、人混みのなかをうつむいて歩いてゆく、一人の男のすがたがうつる。その男が、子どものころあんなにも歩くことの好きだったきみだなんて、きみだって信じられない。

歩くことのたのしさを、きみが自分に失《な》くしてしまったとき、そのときだったんだ。そのとき、きみはもう、一人の子どもじゃなくて、一人のおとなになってたんだ。歩くということが、きみにとって、ここからそこにゆくという、ただそれだけのことにすぎなくなってしまったとき。

四

「遠くへいってはいけないよ」。子どものきみは遊びにゆくとき、いつもそう言われた。いつもおなじその言葉だった。誰もがきみにそう言った。きみにそう言わなかったのは、きみだけだ。

「遠く」というのは、きみには魔法のかかった言葉のようなものだった。きみにはいってはいけないところがあり、それが、「遠く」とよばれるところなのだ。そこへいってはならない。そう言われれば言われるほど、きみは「遠く」というところへ一どゆきたくてたまらなくなった。

「遠く」というのがいったいどこにあるのか、きみは知らなかった。きみの街のどこかに、それはあるのだろうか。きみはきみの街ならどこでも、きみの掌のようにくわしく知っていた。しかし、きみの知識をありったけあつめても、やっぱりどんな「遠く」もきみの街にはなかったのだ。きみの街には匿《かく》された、秘密の「遠く」なんてところはなかった。「遠く」とはきみの街のそとにあるところなのだ。

ある日、街のそとへ、きみはとうとう一人ででかけていった。街のそとへゆくのは難しいことではなかった。街はずれの橋をわたる。あとはどんどんどんゆけばいい。きみは急ぎ足で歩いていった。ポケットに、握り拳を突っこんで。急いでゆけば、それだけ「遠く」に早くつけるのだ。そしたら、「遠く」にいったなんてことに誰も気づかぬうちに、きみはかえれるだろう。

けれども、どんなに急いでも、どんなに歩いても、どこが「遠く」なのか、きみにはどうしてもわからない。きみは疲れ、泣きたくなり、立ちどまって、最後にはしゃがみこんでしまう。街からずいぶんはなれてしまっていた。そこがどこなのかもわからなかった。もどらなければならなかった。

　きた道とおなじ道をもどればいいはずだった。だが、きみは道をまちがえる。何遍もまちがえて、きみはわッと泣きだし、うろうろ歩いた。道に迷ったんだね。誰かが言った。迷子だな。べつの誰かが言った。迷子というのは、きみのことだった。きみは知らないひとに連れられて、家にかえった。叱られた。

「遠くへいってはいけないよ」。

　子どもだった自分をおもいだすとき、きみがいつもまっさきにおもいだすのは、その言葉だ。子どものきみは「遠く」へゆくことをゆめみた子どもだった。だが、そのときのきみはまだ、「遠く」というのが、そこまでいったら、もうひきかえせないところなんだということを知らなかった。

「遠く」というのは、ゆくことはできても、もどることのできないところだ。おとなのきみは、そのことを知っている。おとなのきみは、子どものきみにもう二どともどれないほど、遠くまできてしまったからだ。

子どものきみは、ある日ふと、もう誰からも「遠くへいってはいけないよ」と言われなくなったことに気づく。そのときだったんだ。

そのとき、きみはもう、一人の子どもじゃなくて、一人のおとなになってたんだ。

五

子どものきみは、ちいさかった。おとなになったきみよりも、ずっとちいさかった。おとなの腰ぐらいまでしかなかった。だから、きみは、早くおおきくなりたかった。実際、おおきくなったら、何もかもがうまくゆくような気がした。いちいち椅子にのぼらなければ何もできないなんて、ひどく不便だった。どんなものでもみんな、おとなの背の高さにあわせてできているのだ。母親に秘密の話だってできない。秘密の話は、耳うちする話だ。ところが母親の耳ときたら、背のびしても届かないような、とんでもなく高いところにあるのだった。

きみの好きなのは、野球だった。きみはしかし、ボールを片手で、まだきちんと摑《つか》めなかった。ボールのほうが、きみの掌よりずっとおおきかったのだ。きみが野球を好きだったのは、きみの父親が野球が上手だったからだ。父親はきみの背の高さとおなじぐらいのバットを、かるがると振りまわした。そして、誰が投げても、いつでもらくらくとおおきな本塁打を打つのだ。

子どものきみは、父親と一緒に、よく野球のグラウンドにいった。グラウンドにゆくのはたのしかった。いつもはこわい父親が、本塁打を打つと、きみのほうをみて微笑した。きみの父親はがっしりとしていた。背が高く、太い腕と速い足をもっていた。きみの父親は、まだきみの父親でなかったとき、名のとおった野球選手だったのだ。草野球で本塁打を打つなんて、簡単だった。

そのときも、きみの父親は、きれいに本塁打を打った。試合はそれで終わりだった。父親はもどってくると、きみに言った、「野球はおもしろいか」。

「うん」。きみはこたえた。

「じゃあ、おおきくなったら、お父さんと野球をしよう」。父親が言った。

「ほんとう？」きみはうれしくて、息が詰まりそうになった。父親がきみを仲間にしてくれるというのだ。「じゃあ、ぼく、来週おおきくなるよ！」


来週がきた。しかし、きみはすこしもおおきくならなかった。決心が足りなかったのだ、ときみはおもった。そして、こんどこそきみは、こころに深く決めた。おとなの肩の高さまではおおきくならなくっちゃ。そしてやがて、そのとおり、きみはおとなの肩の高さまでおおきくなった。こんどは、おとなの背の高さまでおおきくなってやろう。そしてやがて、そのとおり、きみはおとなとおなじだけおおきくなった。だが、そこまでだった。どんなに決心しても、きみは、きみは二どと、それ以上おおきくならなかった。きみはもう二どと、それ以上おおきくならなかった。きみは、きみにちょうどの背の高さ以上の人間にはなれなかった。

そのときだったんだ。そのとき、きみはもう、一人の子どもじゃなくて、一人のおとなになってたんだ。これ以上きみはもうおおきくはなれないんだと知ったとき。好きだろうがきらいだろうが、とにかくきみには、きみにちょうどの背の高さしかこの世にはないんだってことに、はじめてきみが気がついたとき。

六

「なぜ」とかんがえることは、子どものきみにはふしぎなことだった。あたりまえにおもえていたことが、「なぜ」とかんがえだすと、たちまちあたりまえのことじゃなくなってしまうからだ。

たとえば、釦《ボタン》だ。きみの服の釦は右がわに付いていて、釦穴は左に付いている。左合わせだ。それはきみが男の子だからだ。女の子の釦は左がわに付いていて、釦穴は右がわに付いている。右合わせだ。どの男の子の、どの女の子の釦もそうだ。あたりまえのことだ。でも、どうして男の子は左合わせで、女の子は右合わせでなきゃいけないいんだろう。なぜだ。そんな区別なんかしなくたって、男の子は女の子じゃないし、女の子は男の子じゃないのに。

あるいは、本だ。きみは一冊の本をもっていた。きみの友人もおなじ本をもっていた。おなじ本だけれど、きみの本はきみのもので、友人の本は友人のもので、二冊の本はべつの本だった。友人の本はきれいだったが、きみの本はすこし汚れていた。だけど、ちがう二冊の本は、やっぱりおなじ一冊の本だった。きみの本で読んだって、友人の本を借りて読んだって、おなじ本を読んだことに変わりはない。二冊の本はおなじ本だった。なぜだ。ちがう本だったというのに。

あるいは、鏡だ。鏡のまえに立って、子どものきみは右手をあげる。すると鏡のなかのきみが、左手をあげる。きみが左の耳をひっぱると、鏡のなかのきみは、右の耳をひっぱった。なぜだ。鏡だからだ。鏡のなかでは、右と左はかならず逆になるからだ。あたりまえのことだ。椅子をきみの左がわにおく。すると鏡のなかの椅子は、きみの右がわにある。

しかし、ときみは疑ったのだ。そして、ごろりと鏡のまえに寝ころんだ。すると、鏡のなかのきみもごろりと寝ころんだ。寝ころんだきみの頭は右、きみの足は左。だが、へんだ。鏡のなかのきみの頭も右、きみの足も左。つまり、おなじだ。あ、右と左が逆にならない。なぜだ。おなじ鏡なのに。

そういう「なぜ」がいっぱい、きみの周囲にはあった。「なぜ」には、こたえのないことがしょっちゅうだった。そんな「なぜ」をかんがえるなんて、くだらないことだったんだろうか。誰もが言った、「かんがえたって無駄さ。そうなってるんだ」。実際、そうかんがえるほうが、ずっとらくだった。何もかんがえなくてもすむからだ。しかし、「そうなってる」だけだったら、きみのまわりにはただのあたりまえしかのこらなくなる。そしたら、きみはものすごく退屈しただろうな。「なぜ」とかんがえるほうが、きみには、はるかに謎とスリルがいっぱいだったからだ。けれど、ふと気がつくと、いつしかもう、あまり「なぜ」という言葉を口にしなくなっている。

そのときだったんだ。そのとき、きみはもう、一人の子どもじゃなくて、一人のおとなになってたんだ。「なぜ」と元気にかんがえるかわりに、「そうなってるんだ」という退屈なこたえで、どんな疑問もあっさり打ち消してしまうようになったとき。

七

一つの電池に、豆電球を一つ付ける。それからもう一つ、豆電球を繋《つな》ぐ。そのとき、二つの豆電球をならべて直列に繋ぐと、それぞれの豆電球の明るさはぐっと弱まってしまう。けれども、二つの豆電球を二段にわけて並列に繋ぐと、二つの豆電球のどちらの明るさも、一つの電池に豆電球を一つだけ繋いだときとすこしも変わらないのだ。

直列式と並列式のそのちがいを、きみはい

までもよくおぼえている。それには理由がある。きみがはじめて女の子からもらった手紙に、そのことが書いてあったからだ。それは、直列式と並列式のちがいを、はじめて学校でならったころのことだった。

毎日学校で顔をあわせても、そのころはもう、男の子と女の子とはめったに口をきくことがなかった。ほんとうは話をしたり、笑ったりしたいのに、きみたちは素直にそうすることができなかった。男の子と女の子がたがいのちがいに気づきはじめると、おたがいを繋ぐ自然な言葉が、急に失くなってしまう。で、きみたちはよく手紙を書いた。

けれど、手紙のなかでさえ、わざわざ難しい言葉を探してきては、四角四面な言葉を、きみたちはつかった。たとえば、「ぼくはきみに関心がある」と男の子が書けば、それは「ぼくはきみが好きだ」という意味だった。そして女の子が、「かれはわたしのことを意識してるんだわ」と言えば、それは「かれはわたしを好きなんだわ」ということなのだった。

「好きだ」というただそれだけの言葉を、きみたちはどうしても言えない。「好きだ」と言いたいのだが、もし「好きだから、どうなんだ」と言われればそれまでだと、きみたちは知っていた。つまり、きみたちは、たがいにちがう人間がたがいのちがいを共にするということの難しさを、ようやく知りはじめていた。

　そんなとき、きみは好きな女の子にはじめて手紙を書いて、返事をもらったのだった。「お手紙ありがとう」。女の子は書いてきた。「きみがわたしのことを意識してるなんて知らなかったわ。でも、無駄よ。わたしは直列式の友情は信じないわ。わたしの信じるのは、並列式の友情だけよ。さよなら」。その手紙をもらったとき、きみはあわてて理科の教科書をひろげて、復習しなければならなかった。

きみは理科は不得意だった。

きみは二どと、女の子に手紙を書かなかった。復習しないとわからない返事をもらうなんて、懲り懲りだ。だが、おおきくなってからも、きみはそのときの女の子の返事の言葉を忘れることはできなかった。きみはいままでは、二人のちがう人間がたがいの明るさを弱めることなく、おなじ明るさのままで一緒にいるということがどんなに難しいことかを、よく知っている。

そのときだったんだ。そのとき、きみはもう、一人の子どもじゃなくて、一人のおとなになってたんだ。ひとを直列的にでなく、並列的に好きになるということが、どんなに難しいことかを、きみがほんとうに知ったとき。

八

父親は黙っていた。ときどきおおきな湯呑《ゆの》みに口をつけ、目を据え、息を呑むように静かにすする。湯呑みにはいっているのは、茶でなく、冷たい酒だ。灰皿が、煙草の吸殻でいっぱいだった。怒っているのかとおもったが、ちがっていた。かんがえこんでいるというのとも、ちがう。きみをみても、口もきかず、すぐに目をそらした。ただじっと暗い目をしていた。それから、いきなり立ちあがると、そのまま部屋をでていった。玄関の戸がガラガラと開いて、閉まる。

　夏だ。長い一日がようやく終わろうとしていたが、空はまだ明るかった。遠くの山の尾根の影が切り絵のようにきれいだった。父親のあとを追おうとして、きみはためらう。家にはほかに誰もいなかった。きみは本をひっぱりだして読む。わざわざ声をだして読む。しかし、物語のすじがうまくのみこめない。ふいにきみは、あんなふうな父親をみたことはそれまでなかった、とおもう。本を閉じて、きみは急いで立ちあがる。自分の気もちを押すように、自転車を押して、道にでる。

ゆっくりと日暮れてゆく夏の街を、息をつめながら、きみは自転車を走らせる。低い家並みのつづく通りをぬけて、川までゆく。堤防を走って、神社の横のもううすぐらい道にでる。境内を横切って、カラタチの生垣のつづく小道を走る。そうして街を一めぐりして、やっときみは、丘の下の広い運動場で、父親をみつける。父親はおおきな野球のバックネットを背に、たった一人で黙々と、おもいきり力をこめてバットを振っていた。みえない打球がまっすぐに、みえない野手の頭のうえを、低いライナーでぬいてゆく。鋭く叩きつけるような振りだった。

バットの先がくるっとすばやくまわるたびに、そこに一瞬、風の切羽があらわれるようだった。きみには父親がいまにもそのちいさな切羽のなかへはいってゆこうとしている男のようにみえた。男はこころのそとへ、懸命にでてゆこうとしていた。

きみは、誰もいない夏の日の落ちぎわの広い運動場で懸命にバットを振りつづける一人の男を、遠くから黙ったまままみつめていた。一人の男の影がグラウンドにどんどん長くなった。その男はきみの父親だったが、しかし、きみがそこに認めたのは、怒りたいのか泣きたいのかわからないような気もちをどうしようもなく自分に抱えていた一人の孤独な男だったのだと、ずっと後になって、きみはふしぎに懐しくおもいだすだろう。

そのときは、はっきりそうとはわからなかったし、父親がそのとき何をくるしんでいたかも、きみは知らなかった。たぶん、ほんとうの勇気が日々にちいさな敵にうちかつことだとすれば、そのほんとうの勇気に欠けていたというだけだったのかもしれない。

しかし、そのときだったんだ。そのとき、きみはもう、一人の子どもじゃなくて、一人のおとなになってたんだ。きみが、一人の完全な人のでなく、誰ともおなじ一人の不完全な人の姿を、夏の日暮れのグラウンドで、遠くからきみの父親の姿にみつめていたとき。

九

掛時計がボーンとなる。鳩《はと》時計がクックーと啼《な》く。目ざまし時計がピーンと一瞬鋭い音をたてる。秒針は走る。長針が大股で追いかける。短針はうずくまる。どの時計も急いでいる。急ぎながら、呟《つぶや》いている。

時計屋さんの店のなかはいつも時を刻む音でさわがしかったが、時計屋さんはいつも静かなひとだった。一日じゅう店にすわって、黙々と、時計の修理をしていた。

時計屋さんは散歩が好きだった。子どものいない時計屋さんは、子どものきみをよくいっしょに散歩につれていってくれた。時計屋さんの店にゆく。時計屋さんは、きみの家のすぐちかくだ。「きたな」。きみの顔をみると、時計屋さんは立ちあがる。一本脚で、たくみに。時計屋さんは片脚がなかった。いつもズボンの片っぽを半分に折って、松葉杖《まつばづえ》をついていた。

時計屋さんはきみにいろいろな話をしてくれた。長靴をはいた猫の話。北風のくれたテーブル掛けの話。立派な懐中時計をもった不思議の国のウサギの話。しかし、きみがいまでもいちばんよくおぼえているのは、時計屋さんがなぜ片っぽの脚を失くしてしまったかという話だ。

「戦争さ」。時計屋さんは静かに言った。「戦争にいって、おじさんは片っぽの脚をなくした。おじさんだけじゃない。戦争にいったひとは誰でも、何かを失くした。戦争で死んだひとは人生を失くした。人生ってわかるかな。ひとが生きてくってことだよ。おじさんは人生を失くすかわりに、片っぽの脚を失くした」。

「痛くない？」きみは訊《たず》ねる。きみは戦争を知らない子どもだった。

「痛くなんかないよ。脚は失くなっちゃったんだから、痛くもなんともないさ。痛いのは、こころだよ」。

「こころ？」

「そう、こころだよ。こころが痛い」。

時計屋さんはそう言って、あとは黙ってしまった。子どものきみにはわからなかった。こころっていったい何なのか。でも、それは訊《き》いてはいけないことのような気がした。こころって何だろう。こころが痛いってどんなことなんだろう。けれどもきみは、すぐにこころのことなんか忘れてしまう。

きみの家がべつの街に引越したのは、それ

からまもなくのことだ。それっきりきみは、なかよしだった時計屋さんのことも忘れてしまった。だがあとになって、まったく突然に、きみはずっと忘れていた時計屋さんのことをおもいだす。戦争で片っぽの脚を失くした時計屋さんがいつかきみに話してくれた話。それはきみがふっと「あゝ、こころが痛い」と呟いた日のことだった。そうだ、むかしなかよしだった片脚の時計屋さんもおなじことを言ってたっけ。こころが痛いって。

そのときだったんだ。そのとき、きみはもう、一人の子どもじゃなくて、一人のおとなになってたんだ。きみが片脚の時計屋さんの言った言葉をはっきりとおもいだしたとき。

きみがきみの人生で、「こころが痛い」としかいえない痛みを、はじめて自分に知ったとき。

おおきな木

おおきな木

おおきな木をみると、立ちどまりたくなる。芽ぶきのころのおおきな木の下が、きみは好きだ。目をあげると、日の光りが淡い葉の一枚一枚にとびちってひろがって、やがて雫《しずく》のようにしたたってくるようにおもえる。夏には、おおきな木はおおきな影をつくる。影のなかにはいってみあげると、周囲がふいに、カーンと静まりかえるような気配にとらえられる。

おおきな木の冬もいい。頬は冷たいが、空気は澄んでいる。黙って、みあげる。黒く細い枝々が、懸命になって、空を摑《つか》もうとしている。けれども、灰色の空は、ゆっくりと旋《めぐ》るようにうごいている。冷たい風がくるくると、こころのへりをまわって、駆けだしてゆく。おおきな木の下に、何があるだろう。何もないのだ。何もないけれど、木のおおきさとおなじだけの沈黙がある。

花の店

街の通りで惹《ひ》かれるのは、街のちいさな花の店だ。そのまえをとおりすぎて、それまで気づかなかった何かを目にしたようにおもって、おもわずふりかえってしまうようなときがある。

たとえば、店先の何でもない花ばなをみて、花ばなのとどめるあざやかな日の色に気づいて、目をあげると、街の風景の色が微妙に変わってみえるということがある。店先に黙っておかれている鉢植えの花のために、わすれてしまった記憶の傷口がひらいてしまうこともある。

ある日ふと、昨日までみかけなかった草花に気づく。季節が変わったのだ。街の季節はいつもいちばん早く花の店の店先から変わってゆく。花の店の店先には、道をとおりすぎるものの気分を引きとめる何かがある。つねに何かしらひとをハッとさせるような、明るいおどろきがあるのだ。

路地

路地。または露地とも書く。街なかにあつまる家々のあいだをぬける通り道。たがいの軒先をとおってゆくような道の両がわの玄関先に、鉢植えの花がでている。そのむこう、ブロック塀のうえを花台にして、いくつもの鉢植えがならぶ。春には桃の花。夏の朝顔。サボテンの花。秋は真っ青な桔梗《ききょう》。あざやかな花ばなが、ひっそりとした路地を明るくしている。

そこに花ばながおかれている。ただそれだけなのに、花ばなのおかれた路地をとおりぬけると、ふっと日々のこころばえを新しくされたようにかんじる……おたがい、いい一日をもちたいですね……ふっとそんな声をかけられたようにおもう。花ばなをそこにおき、路地をぬけてゆく人びとへの挨拶を、暮らしのなかにおく。誰もいないのだが、花がそこにある。そんな路地の光景が、好きだ。

公園

低く枝をひろげた梅の木々が、ゆるやかな丘の斜面にひろがっている。花の季節が去ると、日の光がつよまってくる。木々の緑が濃くなる。明るい静けさが深くなる。微風を手でつかめそうである。きみはベンチにすわって、道すがらに買ってきた古本をめくる。梅の木々のあいだで子どもたちは、フリスビーに夢中だ。老人と犬が、遊歩道を上ってくる。街のなかの丘のうえのちいさな公園だ。赤ん坊をのせたバギーを押して、少年のような父親と少女のような母親が、笑いあって通りすぎる。鳩《はと》たちが舞いおりてきて、艶のある羽根をたたむ。クックーと啼《な》いて、ポップコーンを突つき散らす。近くのような遠くで、誰かがトロンボーンを吹いている。日曜日の公園の午後には、永遠なんてものよりもずっと永くおもえる一瞬がある。

山の道

山の駅で下りて、山あいの道を歩く。ちいさな橋を渡り、村道をぬけ、胸を突く急坂を上ると、緑濃い山塊のかさなりあう風景が、ふいにひろがる。山の辺《べ》をめぐって曲がってつづく道。黙って歩く。立ちどまる。ふりかえる。斜面に明るくひらかれた畑。谷あいにおりてゆく暗い杉の林。なだれるようにつらなる群竹《むらたけ》。遠くに人家の青い屋根。

ただ歩くだけに、きみは一日の孤独をつい

やす。山の道の散歩のたのしみは、なにげない偶然の光景の採集である。小川の石をもちあげると、逃げる沢蟹《さわがに》。道に迷いでてきた蟇《ひきがえる》。農家の兎《うさぎ》。短い挨拶の言葉。木立ちのなかの椎茸《しいたけ》の組み木。棄《す》てられた炭俵。ふいに走りさる風の足音。日の翳《かげ》り。ツユクサの青。老いた大木のぶあつい葉の繁《しげ》り。枝をわたってゆく鳥の羽搏《はばた》き。

驟雨

突然、大粒の雨が落ちてきた。家並みのうえの空が、にわかに低くなった。アスファルトの通りがみるみる黝《くろ》くなり、雨水が一瞬ためらって、それから縁石に沿って勢いよく走りだした。若い女が二人、髪をぬらして、笑いあって駈《か》けてきた。灰いろの猫が道を横切って、姿を消した。自転車の少年が雨を突っ切って、飛沫《しぶき》をとばして通りすぎた。

雨やどりして、きみは激しい雨脚《あまあし》をみつめ

ている。雨はまっすぐになり、斜めになり、風に舞って、サーッと吹きつけてくる。黙ったまま、ずっと雨空をみあげていると、いつかこころのバケツに雨水が溜《た》まってくるようだ。むかし、ギリシアの哲人はいったっけ。

（……魂はね、バケツ一杯の雨水によく似ているんだ……）

樹木の木の葉がしっとりと、ふしぎに明るくなってきた。遠くと近くが、ふいにはっきりしてきた。雨があがったのだ。

散歩

ただ歩く。手に何ももたない。急がない。気に入った曲り角がきたら、すっと曲がる。曲り角を曲がると、道のさきの風景がくるりと変わる。くねくねとつづいてゆく細い道もあれば、おもいがけない下り坂で膝がわらいだすこともある。広い道にでると、空が遠くからゆっくりとこちらにひろがってくる。どの道も、一つ一つの道が、それぞれにちがう。街にかくされた、みえないあみだ籤《くじ》の折り目をするするとひろげてゆくように、曲り角をいくつも曲がって、どこかへゆくためにでなく、歩くことをたのしむために街を歩く。とても簡単なことだ。とても簡単なようなのだが、そうだろうか。どこかへ何かをしにゆくことはできても、歩くことをたのしむために歩くこと。それがなかなかにできない。この世でいちばん難しいのは、いちばん簡単なこと。

友人

自転車に乗って、きみは夜の道をゆっくりと走る。明るい家々の角を曲がると、急な坂だ。息はずませて上る。ペダルを踏むごとに、前灯が激しく揺れて、あたたかな風が汗の匂いをサッと拭いとってゆく。坂を上りつめて、線路ぎわへの暗い抜け道に折れる。道のなかばまで古いおおきな樹木の影がかぶさって、木の下闇いっぱいに、雑草が勢いよくひろがっている。

自転車をとめ、きみは呼吸をやすめて、耳をすます。もしこんな暗いところで一人で何をしているのかと訊《き》かれたら、何というのか。友人を待っているというのか。ガサッ、ガサゴソ。なつかしい微《かす》かな音がする。きみは微笑する。一ぴきの老いたおおきな蟇《がま》がよたよたと、樹木の影のなかへでてくる。やあと、きみはいう。きみの旧友の蟇は約束を違《たが》えなかった。われらの星は太陽のまわりを一めぐりし、今年もいい季節がやってきたのだ。

三毛猫

猫は、いつもそこにいた。晴れた日も、雨の日も。寒い夜も、あたたかな夜も。白菜。ネギの束。ナスの山。曲がったキュウリ。泥鰌《どじょう》インゲン。タマネギ。カボチャ。キャベツ。季節季節の野菜のあいだに、猫は、赤い首輪をして、身をまるめて、じっと目をつむっていた。

私鉄の駅のある街のちいさな通りの八百屋だ。年のいった夫婦だけでやっている、気働きのいい八百屋で、いつも夜おそくまで店を開けていた。夜がふけてくると、店先に光りがあふれて、野菜も、猫も輝いてみえた。みごとな毛並みのおおきな三毛猫だった。

ある日、八百屋は店を休んだ。ちいさな貼り紙があり、「猫、忌中」とあった。翌日、八百屋は店を開けた。そして、いつもの場所に、こんどはとてもちいさな三毛猫が、赤い首輪をして、身をまるめて、じっと目をつむっていた。

海辺

波がくずれて、ちいさな塩の泡を撒《ま》きちらしながら、波打ち際をすすんでくる。ふいにあきらめて、またもどってゆく。濡《ぬ》れた砂がいっぱいにひろがって、午後の日の光りに淡く光る。鈍《にび》いろの波がもりあがって、またくずれて、すすんでくる。寄せてかえすだけの清浄なざわめきのなかに踏みこむと、ふっとすべての音が搔《か》き消えてしまう。黙る。二、三歩あるく。立ちどまる。

海辺にのこされたままの欠けた貝殼。足許《あしもと》にからみつく海草。木目を浮かびあがらせたうつくしい木片。宝石のようなガラス壜《びん》のかけら。すべすべのひらたい石。瞳をひらいたままの人形の首。真ッ白な骨片。木の枝。目をあげると、霞《かす》む沖はるか、空が、海の藍《あい》いろの布っ端をひっぱりあげている。そうやって風が寒くなってくるまで、じっとしている。理由はない。きみはただ海をみにきたのだ。

梅堯臣

日のつれづれ、熱い珈琲《コーヒー》を淹《い》れて、きみは梅堯臣《ばいぎようしん》を読む。声を大にしない。華麗をやましくしない。梅堯臣は言葉の平淡さをまっすぐのぞんだ北宋の詩人だった。ミミズ。オケラ。泥鰌。蛙《かえる》。河豚《ふぐ》。蚊。蠅《はえ》。虱《しらみ》。蛆虫《うじむし》。カラス。何でも詩にした。誰にもみえていて誰もみていない、平凡な日々の光景から詩を、帽子から鳩をとりだすように、とりだした。

事固無醜好　事に固《もと》より醜好無し

醜好貴不惑　醜好は惑わざるを貴ぶ

なに、もともと物それ自体には醜いも好いもないよ。大切なのは醜とか好とかにとりこにならないことさ。物を率直にみることだ。人間の身勝手な感情で、この世をいたずらに好ましいものとしたり、醜いものとしたりしないことだ。そうひっそりと一人呟《つぶや》いていた千年のむかしの市井《しせい》の詩人が、きみは好きだ。

＊梅堯臣＝筧《かけひ》　文生《ふみお》注による

童話

木々の緑にいつかきびしい気配がかんじられるようになると、夕暮れが早くなる。目をあげると、まだ暮れのこっている西の空がきれいだ。風はまだやわらかいが、風景の輪郭はもうすするどくなっている。「どこかで柩《ひつぎ》を打つ音がする」と詩人がうたったのは、いつの秋だったか。日の光りが惜しまれる季節になってくると、いつか読んだとても好きな童話を、きみはおもいだす。

「そこで何をしていなさる？」と誰かが訊《たず》ねた。「手押車いっぱい、お日さまの光りをもってかえりたいんだがね、難しくて。なにせ日かげにはいったら、すぐ消えてしまうから」「手押車いっぱいの日光を何にするんだね？」「子どもが寒さのために、家で死んだようになっているので、暖めてやりたいんだよ」

柘榴

きれいな火の色をした花を咲かせて、やがて、きれいな血の色をした果肉をしっかりと殻につつんだ実を、おおきくみのらせる。ある日、その実がざっくりと朱々と口をあけたら、もう秋がそこにきている。柘榴《ざくろ》の実の割れる季節がくると、その男のことをおもいだす。

月は晩《おそ》くして未だ上るに及ばず。仰いで蒼《そう》穹《きゅう》を観れば、無数の星宿紛糾して我が頭にあり。而して我は地上の一微物、……星の散らばる夜は、その男の遺《のこ》した言葉をおもいだす。風のようにきて、風のように往《い》ってしまった男だ。ほんの百年まえに、その男は黙ってたった一人で、みずから縊《くび》れて、月夜に死んだ。火の色をした言葉と、ざっくりと裂けた人生の血の色が、透谷《とうこく》という名だったその青年について、きみの知るすべてだ。ほんとうだ。青年は右の腕に、あざやかな柘榴のいれずみをしていた。

＊透谷「一夕観」藤村《とうそん》「春」による

原っぱ

原っぱには、何もなかった。ブランコも、遊動円木もなかった。ベンチもなかった。一本の木もなかったから、木蔭《こかげ》もなかった。激しい雨がふると、そこにもここにも、おおきな水溜まりができた。原っぱのへりは、いつもぼうぼうの草むらだった。

きみがはじめてトカゲをみたのは、原っぱの草むらだ。はじめてカミキリムシをつかまえたのも。きみは原っぱで、自転車に乗ることをおぼえた。野球をおぼえた。はじめて口惜《くや》し泣きした。春に、タンポポがいっせいに空飛ぶのをみたのも、夏に、はじめてアンタレスという名の星をおぼえたのも、原っぱだ。冬の凪にはじめて大凧《おおだこ》を揚げたのも。原っぱは、いまはもうなくなってしまった。

原っぱには、何もなかったのだ。けれども、誰のものでもなかった何もない原っぱには、ほかのどこにもないものがあった。きみの自由が。

影法師

影を踏む遊びがあった。たそがれから夜にかけての子どもの遊びだった。二人ないし三人で、あらそって、たがいの影を踏む。頭の影を踏まれたら、負けだ。日の落ちぎわは、影が長い。長い影は、塀に折れてうつるようにしなければ、だめだ。街灯がついたら、誰も負けない。いざとなったら、街灯の真下に逃げる。影が足もとに跳んできて、サッと消える。

たがいに追いかけながら、逃げながら、自分の影を確かめながら、影法師を長く短くしながら、騒ぎながら、「さよなら、またね」と叫んで、家に駆けこむまでの、たのしい路地の遊びだった。いまはみなくなった子どもの遊びだ。きみはおもいだしてふと、ドキリとすることがある。ひょっとしたら子どもたちは、今日どこかに自分の影法師を失くしてしまったのだろうか、と。

イヴァンさん

「村に、おおきな樫《かし》の木がありました」。イヴァンさんが言った。「木かげは夏には羊飼いと羊のもの、団栗《どんぐり》は農民たちの豚の餌ときまっていました。冬の枯れ枝は、村の寡婦だけが燃料としてつかえ、春の新芽は教会の飾りでした。夕暮れの木の下は、村の誰しもの休み場所でした」。

「街にはおおきな道があり、道に腰を下ろして空を眺める人がいました。トランプをする人、珈琲を飲む人がいました。政治的な集まりもあったし、屋台や露台で物を売る人もいました。驢馬《ろば》を追う人もいました。人びとのあいだには挨拶がありました」。
「そんな村も街も、いまは失われました。昔がよかったとはいいません。だが、しかし、です」。イヴァンさんは言った。「わたしたちは今日、幸福でしょうか？」

*イヴァンさん＝イヴァン・イリイチ

団栗

木立ちのあいだから立ちあらわれるように、時雨《しぐれ》はやってくる。雨音一つ聴こえなかったのに、日の色がふっと遠のいたとおもったら、あたりはもう灰鼠《はいねず》色に靄《もや》っている。古い屋敷、庭木をそのままにのこしている、市中の静かな公園だ。木々の繁みをぬけてゆく砂利道をまわってゆくと、おおきな樫の木が一本、青々とおおきな枝の傘をひろげている。

時雨どきの樫の木の下には、しっとりと湿

った地面のそこにも、ここにも団栗が落ちている。ふしぎだ、団栗は。みつけると、拾いあつめたくなる。拾いあつめるうち、いつか夢中になる。

団栗にはなぜかしら、いまはもうおもいだすこともできないような、幼い記憶の感触がある。きみは黙って、きみの失くしてしまった想《おも》い出の数を算《かぞ》える。それはきっと、両掌に拾いあつめた団栗の数にひとしい。

隠れんぼう

雨空を、すばらしい青空にする。角砂糖を、空から墜《お》ちてきた星のカケラに変える。五本の指を五本の色鉛筆にして、風の色、日の色をすっかり描きかえる。庭にチョコレートの木を植える。どんなありえないことだって、幼いきみは、遊びでできた。そうおもうだけで、きみは誰にでもなれた。左官屋にだって。鷹匠《たかじょう》にだって。「ハートのジャック」にだって。

できないことができた。難しいことだって、簡単だった。遊びでほんとうに難しいのは、ただ一つだ。遊びを終わらせること。どんなにたのしくたって、遊びはほんとうは、とても怖《おそろ》しいのだ。

きみの幼友達の一人は、遊びの終わらせかたを知らなかった。日の暮れの隠れんぼう。その子は、おおきな銀杏《いちょう》の木の幹の後ろに、隠れた。それきり、二どと姿をみせなかった。銀杏の木の後ろには、いまでもきみの幼友達が一人、隠れている。

賀状

古い鉄橋の架かったおおきな川のそばの中学校で、二人の少年が机をならべて、三年を一緒に過ごした。二人の少年は、英語とバスケットボールをおぼえ、兎の飼育、百葉箱の開けかたを知り、素脚の少女たちをまぶしく眺め、川の光りを額にうけて、全速力で自転車を走らせ、藤棚の下で組みあって喧嘩《けんか》して、誰もいない体育館に、日の暮れまで立たされた。

二人の少年は、それから二どと会ったことがない。やがて古い鉄橋の架かった川のある街を、きみは南へ、かれは北へと離れて、両手の指を折ってひらいてまた折っても足りない年々が去り、きみたちがたがいに手にしたのは、光陰の矢の数と、おなじ枚数の年賀状だけだ。

元旦の手紙の束に、今年もきみは、笑顔のほかはもうおぼえていない北の友人からの一枚の端書を探す。いつもの乱暴な字で、いつもとおなじ短い言葉。元気か。賀春。

初詣

冷たい風がゆっくりと鐘の音をめぐらしている。遠く、電車の走ってゆく音が聴こえる。家々のあいだを折れてゆく道に、親しげな人の声がひびく。もう夜半をすぎたのに、あたりの気配のどこかに、まだ日暮れてまもないような騒がしさがある。くろぐろとした屋根がつづくむこうに、夜の街の空が明るい。すべて遠くのものが近くかんじられる。

おおきな闇をつくっているおおきな夜の樹《き》

の下をとおってゆく。篝《かが》り火《び》の焚《た》かれたちいさな境内につづく石段を上る。手に破魔矢をもったジーンズの娘と若者が、石段の途中に坐《すわ》って、星を算えている。初詣のたのしみは、真夜中の自由。絵馬。土鈴。護符。木の枝にきっちり畳んでむすばれたおみくじ。ごくささやかなもの、むなしいけれど、むなしさにあたいするだけのいくらかの、ひそかな希望を質《ただ》すための。

鉄棒

誰もいない冬の小公園の片隅にある一本の鉄棒は——知っているだろうか——ほんとうは神さまがこの世にわすれていった忘れものなのだ。ハッとするほど冷たい黒光りした鉄棒を逆手に握って、おもいきり地を蹴ってみれば、そうとわかる。一瞬、周囲の光景がくるりと廻転《かいてん》したとおもったら、もうきみの身体は、いつもの世界のまんなかに浮かんでいる。

ふしぎだ、すべての風景がちがってみえる。ほんのわずか目の高さがちがっただけで。息をしずめ、順手にもちかえて、きみは身体を廻転させる。もう一ど。またもう一ど。すると、ありふれた世界がひっくりかえる。電線、家々の屋根、木の梢《こずえ》、空の青さが、ワーッところにとびこんでくる。空気はおそろしく冷たいが、鼓動は暖かい。自分の鼓動がこの世の鼓動のようにはっきりかんじられる。しっかり握りなおす、神さまがここにわすれていった古い鉄棒を、きみは世界の心棒のように。

星屑

冷たい星屑《ほしくず》のなかにその惑星があり、その惑星のうえにその国があり、その国にその街があり、街には雑踏があり、雑踏は賑《にぎ》やかな通りをつくり、街の通りは曲がってゆく路地につづき、路地にはわずかな木々がつづき、わずかな木々の光りのなかに木の家があり、木の家に木の部屋があり、小さな部屋に空っぽのベッドがあって、そのベッドのうえに、うつくしい夢が一コ、落ちている。

もう誰もうつくしい夢なんて語らない。空っぽのベッドのうえに、わすれられたままの夢。小さな部屋のなかの空っぽのベッド。家のなかの部屋。わずかな木々の光りのなかの家。路地につづくわずかな木々。街の通りにつづく路地。雑踏がつくる賑やかな通り。街の雑踏のなかに沈黙している人々。そんな街がきみの国にあり、きみの国は惑星のうえにあって、惑星は冷たい星屑のなか。

ピーターソン夫人

きみに親しいものは、日々にさりげないもの。たとえば、きみの部屋の明るい窓。その窓がきみの部屋につくる日溜まり。押し開け式の窓は、ひらくとサッと猫のように、風がはいりこんでくる。がっしりした松の一枚板だけの、抽《ひ》きだしのない単純な机。

机上には、きみの毎日の仲間たち。鉛筆と消しゴム。白い紙。開かれた本。字引き。ガラスの灰皿。淹れたての珈琲。いま聴いていいるレコードのジャケット。そして、おもちゃの栗鼠《りす》と犀《さい》と、鋳鉄の水鳥とビーバーと、掌ほどの名も知れない木彫りの怪鳥と。

けれど、何にもましてきみに慕わしいのは、ピーターソン夫人だ。きみの部屋のうつくしい同居人だ。もうずっと彼女は、きみと毎日を共にしてきた。きみの窓辺の一鉢のベゴニア。たくさんの花ばなを一どに吊《つ》りさげるように咲かせる、ピーターソン夫人という名の花。

遠いむかし、一九一五年のこと。世界があげて聖なる大戦《ホーリー・ウオー》に夢中で、殺戮《さつりく》が力の正義と信じられていたときに、なおもうつくしい花を新しくつくりだすことだけを夢みていた一人の花つくりが、北米はシンシナティにいて、きみのうつくしい同居人は、J・A・ピーターソンという名のその男が遺したこの世への贈りものだ。

坐りなれた古い椅子に坐ってきみは、ピーターソン夫人を眺めやる。そうして、花つくりとおなじ時代を生きた、もう一人の人の遺した言葉をおもいおこす。

冬咲きのベゴニアの花のように、きみのこころのなかに吊りさがっているようなその人の言葉。ジョーゼフ・コンラッドはさりげなくこんな言葉を遺した——この世に希望をもつためには、世界は好ましいとかんがえるひつようはないのだ。世界がそうなることもありえないわけではないと信じられれば、それで足りるとしようではないか。

贈りもの

幼い誕生日の贈りものに、木をもらった。一本の夏蜜柑《みかん》の木。木は年々たくさんの実をつけた。種子がおおく、ふくろはちいさかったが、噛《か》むと歯にさくさくと、さわやかな酸っぱい味がした。立派な木ではなかったが、それが自分の木だとおもうと、ふしぎな充実をおぼえた。葉をしげらせた夏蜜柑の木をみると、こころがかえってきた。

その夏蜜柑の木は、もう記憶の景色のなか

にしかのこっていない。あのころは魂というのはどこにあって、どんな色をしているのだろうとおもっていた。いまは、山も川原もない街に暮らし、矩形《くけい》の部屋に住む。魂のことはかんがえなくなった。何が正しいかをかんがえず、ただ間違いをおかすとしたら、自分の間違いであってほしいとおもっている。部屋には鉢植えの一本のちいさな蜜柑の木がある。それは、誕生日に年齢を算えなくなってから、きみがはじめて自分で、自分に贈った贈りものだ。

ときどきアントン・パーヴロヴィチの短い話を読む。人生はいったい苦悩に価するものなのだろうかと言ったチェーホフ。大事なのは、自分は何者なのかでなく、何者でないかだ。急がないこと。手をつかって仕事することと。そして、日々のたのしみを、一本の自分の木と共にすること。

後記

言葉を深呼吸する。あるいは、言葉で深呼吸する。そうした深呼吸の必要をおぼえたときに、立ちどまって、黙って、必要なだけの言葉を書きとめた。そうした深呼吸のための言葉が、この本の言葉の一つ一つになった。

本は伝言板。言葉は一人から一人への伝言。

伝言板のうえの言葉は、一人から一人へ宛てられているが、いつでも誰でもの目にふれている。いつでも風に吹かれているが、必要なだけの短さで誌《しる》された、一人から一人への密《ひそ》かな言葉だ。伝言が親しくとどけば、うれしいのだが。

「あのときかもしれない」「おおきな木」、ともに、以《もっ》て定稿としたい。この本ができるまで、厚意ある配慮をえた方々に、浅見いく子、太田裕一、小口未散、加賀山弘、東海林牧子、杉本泉の各氏に感謝する。

（一九八四年二月）

〝あのとき〟との再会

小川洋子

深呼吸をするためには、立ち止まらなくてはならない。何をしていようとも、とにかく一旦手を止め、心を落ち着かせ、小さな空白の中に身を潜めなければ、ゆっくり呼吸することはできない。

人はなぜ深呼吸をするのだろう。もちろんたくさん酸素を取り込むためなのだろうが、改めて考えてみれば、肉体が求めているだけではなく、精神からの要求、という気がする。社会生活の些末《さまつ》でややこしいあれこれに追い立てられているうち、いつしか無意識のスピードに支配され、視界が狭まってくる。目まいの予感がしてくる。すると三半規管が危険信号を出す前に、まず心が「ちょっとゆっくりしましょうよ」と、合図を発する。自分本来のペースを取り戻し、静けさの空洞に浸りたい。その静寂の中でしか見えないものをじっと見つめたい。そんな声なき声に導かれ、人は深呼吸をするのかもしれない。

「おおきな木」はこんな一行ではじまる。

〝おおきな木をみると、立ちどまりたくなる〟

私にとってはまさに、本書がおおきな木である。この本をめくることは、遠い記憶を一つ一つ、団栗《どんぐり》のように拾い集めながら、木陰に満ちる沈黙と対話するのに等しい。〝きみ〟がただ歩くだけに一日の孤独をついやすのと同じく、私は一本の木に寄り添うことに、喜びをもって、自らの孤独をついやす。『深呼吸の必要』が両手の中にある限り、時は私を急《せ》かすためではなく、私を包み守るために流れているのだと実感できる。その流れの中で、知らず知らずのうち、心の奥深くまで息を吸い込んでいる自分に気づく。

だからこそ〝きみ〟に、いつおとなになったんだろう、と問われてもうろたえたりしない。考える時間はたっぷり用意されている。むしろ答えにたどり着けないまま十分に迷う者こそが、最も遠い真理に近づける。焦る必要などどこにもない。

おとなと子どもの境い目を跳び越したのはいつなのか。いくつもの〝あのとき〟が描かれる。ほかの誰にも代わってもらえない一人の自分に気づく、猫と共有していた自由で安全な道を見失う、もどることのできない「遠く」を知る、「なぜ」と口にしなくなる、夏の夕暮れ、黙々とバットを振る父に、一人の不完全な人の姿をみとめる、「こころが痛い」と言った片脚の時計屋さんを思い出す……。

どの場面にも、ない、という打ち消しの言葉が目立つ。微《かす》かな痛みを伴う欠落の瞬間がすくい上げられている。子どもからおとなになるとはつまり、小さいものが大きくなるのだから、どんどん何かが付け加えられてゆくべきだと思うのに、不思議だ。実際はどうもその逆らしい。この世に生まれ出た時、何ものかに授けられた数々の宝石を、人はおとなになる途中で置き去りにしているのだ。

しかし長田さんはそのようにしておとなになった〝きみ〟を、嘆いているわけではない。過去にちりばめられた宝石たちの輝きをたたえている。それらがどんなに美しく、かけがえのないものか、〝きみ〟に思い出させようとしている。しかもそれらを磨き、慈しみ、輝きを与えたのは〝きみ〟自身だ。そして〝きみ〟は、長田さんであり、私であり、皆である。

誰もが深呼吸をすれば、子ども時代に残してきた自分の宝石と再会できる。長田さんはその秘密を、自分だけの耳元にそっと唇を寄せるような特別なやり方で、ささやいてくれる。そのささやき声は、深呼吸をする時、胸の奥で聞こえる、音とも言えない微かな気配に似ている。

本書を読むと皆、自分にとっての〝あのとき〟を探さないではいられないだろう。「鉄棒」の中に次の一行を発見した時、私ははっとして思い出した。鉄棒が得意だった頃の自分を。

〝ほんとうは神さまがこの世にわすれていった忘れものなのだ〟

確かに鉄棒には、地面と水平のただの棒、という一言では済ませられない神秘が隠されていた。少しざらざらした感触と、血によく似たにおいだけでも、ただものではない雰囲気があった。それを握り、地面を蹴った瞬間、世界のありようが一変する。それまで信じていた自分の位置が根底から覆される。鬱陶しい親も弟も宿題も空の向こうへ弾《はじ》き飛ばされ、新しい地平が出現する。母親手作りの吊《つ》りスカートをはいた痩せっぽちの少女は、掌《てのひら》の皮がすりむけるのも構わず、飽きることなくいつまでも、得意げにくるくる回転している。

そうか、鉄棒を握らなくなった時、私は子どもでなくなったのか。

最後に鉄棒で遊んだのがいつだったか、思い出そうとしたが駄目だった。おそらく今は、ぶら下がるのがやっとで、回転するどころではないだろう。ほんの少し体を持ち上げて、勢いをつけて、ぐるんとするだけなのに、吊りスカートをはいた女の子はもはやそこにはいない。

さて、私にとって最も印象深かったのは、

「……わたしは直列式の友情は信じないわ。わたしの信じるのは、並列式の友情だけよ。さよなら」

という手紙を書いた女の子だ。何て利発で魅力的な子だろう。自分もこんな手紙が書ける少女になりたかった。あのとき、私が彼に手渡すべきは、この並列の手紙だった。なのに未熟な私は……。

と、自分を恥ずかしがっても取り返しはつかない。私の手紙も彼も、隠れんぼうの終わらせ方が分からず、銀杏《いちょう》の木の後ろに隠れ続けている子のように、手の届かない遠い場所に去ってしまった。
けれど淋《さび》しがる必要はない。どんなに長い時間、記憶の地層に埋まったまま忘れられ、暗闇に閉じ込められていたとしても、〝あのとき〟のきらめきは失われない。長田さんの言葉がそれを証明している。おおきな木の根元で木漏れ日が揺れるように、長田さんの言葉が私の心を静かに照らしてくれる。

（おがわ・ようこ／作家）

年譜

長田 弘年譜

一九三九（昭和十四）年●

十一月十日、福島市新町に生まれる。父政愛二十八歳、母イナ子二十七歳の長男。生後すぐ丹毒に罹《かか》り、頭部を切開、危うく生命をとりとめる。第二次世界大戦が始まった年である。

（以下の年令はそれぞれの年の誕生日までの年令）

一九四四（昭和十九）年●四歳

春、父母のもとを離れ、岩代熱海（磐梯《ばんだい》熱海）の母の実家に。

満１歳の誕生日（福島市、1940）

一九四五（昭和二十）年●五歳

福島県三春町に転勤した父母のもとに戻る。青空の下、ラジオで敗戦の報を聞く。

一九四六（昭和二十一）年●六歳

四月、三春町三春小学校に入学。この年の三月に弟透が、三年後の二月に弟茂（青山南）が生まれた。三人兄弟である。

一九四九（昭和二十四）年●九歳
三月、福島市瀬上本町に移り、瀬上小学校に転校。九月、福島大学付属小学校に編入。
一九五〇（昭和二十五）年●十歳
一月、福島市宮下町に移る。アメリカ文化センターで、ヴァージニア・バートンの絵本「ザ・リトル・ハウス（ちいさいおうち）」を知る。最初のアメリカ経験となった一冊。
一九五二（昭和二十七）年●十二歳
四月、福島大学付属中学校に入学。
一九五四（昭和二十九）年●十四歳
クラシック音楽に傾倒。新たに新書版で刊行されはじめた『芥川龍之介全集』（岩波版）を端緒に、文学への関心を急速に深める。

一九五五（昭和三十）年●十五歳
四月、県立福島高校に入学。大学進学志望別の単位修得制により私大文系を選択。露伴・鷗外・鏡花などを集中して読む。
一九五六（昭和三十一）年●十六歳
映画の全盛時代。仏伊映画、米ミュージカル映画に魅せられ、名画座に通いつめる。この年父転勤、単身赴任。のちに別居にいたる。
一九五八（昭和三十三）年●十八歳
三月、上京。浪人し、遊学。東京生まれの従兄を通して、最盛期のモダン・ジャズに耽《ふけ》る。
一九五九（昭和三十四）年●十九歳
四月、早稲田大学第一文学部独文専修に入学。山歩きをはじめる。J・ケルアック『路上』を読む。第二のアメリカ経験となった一冊。

一九六〇（昭和三十五）年●二十歳
日米安保条約改定に抗議するデモが連日つづく。この頃、独文同級生の関根久男によって、深瀬基寛訳のW・H・オーデンなどの詩集を知る。それが詩のはじまりになった。七月、板橋区志村中台町に移り、福島より転居した母と弟たちと一緒に住む。十一月、関根久男と二人で、二つ折の詩誌『鳥』を発刊。

一九六一（昭和三十六）年●二十一歳
『現代詩手帖』九月号の特集「一九六〇年代の詩人たち」に、詩「死のまわりで――故C・ゲーブルによせて」を発表。

一九六二（昭和三十七）年●二十二歳
夏、北アルプス連峰縦走。『鳥』は十一月に八号で終刊。ウィルフレッド・オウエンの詩を知り、オウエンの「詩はpityのうちにある」という詩に対する態度に、決定的な影響を受ける。

一九六三（昭和三十八）年●二十三歳
三月、早稲田大学第一文学部を卒業。卒論は「ハイネ『冬物語』をめぐって」。四月、独文同級生の児玉瑞枝（高崎女子高校卒）と結婚。中野区宮前町に住む。「現代詩の会」（『現代詩』の編集母体だった詩人の全国的な集まり）に加わる。詩「われら新鮮な旅人」を『現代詩』九月号に発表。九月、『現代詩』の編集委員となる（編集委員会の他のメンバーは飯島耕一、岩田宏、大岡信、関根弘、堀川正美、三木卓）。

一九六四（昭和三十九）年●二十四歳
秋、「現代詩の会」解散が決まり、『現代詩』は十月号で終刊。「創造の拠点を個々の詩人に帰す」という解散声明を起草する。以後、七三年に日本文芸家協会に加入した他は、同人・グループ・党派・団体・組織に一切加わらなかった。

一九六五（昭和四十）年●二十五歳
渋谷区神山町に移る。第一詩集『われら新鮮な旅人』を上梓《じょうし》。

一九六六（昭和四十一）年●二十六歳
長編詩「クリストファーよ、ぼくたちは何処にいるのか」を発表。『映画芸術』を中心に映画を通してのアメリカ論を書きつぐ。

一九六七（昭和四十二）年●二十七歳
六月、劇団六月劇場（岸田森、草野大悟ら）

早大時代（槍ヶ岳、1962）

の創立公演のため書下した「魂へキックオフ」上演（新宿紀伊國屋ホール）。一九三〇年代ヨーロッパについてのエッセーを持続的に書きはじめる。

一九六八（昭和四十三）年●二十八歳
詩「阿蘇」を『文学界』一月号に発表（以後つづく同誌の「扉の詩」の第一回）。四月、東京造形大学写真科詩学講師（非常勤）に（～七一年三月）。十一月長男敦が生まれる。

一九六九（昭和四十四）年●二十九歳
五月、祖母が亡くなった。この年、杉並区成田西に移る。

一九七〇（昭和四十五）年●三十歳
十月、劇団三十人会創立十周年記念公演のため書下した「箱舟時代」上演（新宿紀伊國屋ホール）。十一月次男敬が生まれる。

一九七一（昭和四十六）年●三十一歳
『詩人であること』となるエッセーを断続的に書きはじめる。『早稲田文学』（第七次）の編集委員になる（〜七四年一月終刊）。四月、早稲田大学文学部文芸科講師（非常勤）になる（〜七七年六月病気で辞任）。八月末より、船でナホトカをへて、モスクワ、プラハ、ワルシャワ、クラクフ、レニングラードへ、家族とともに旅する。長詩「夢暮らし」を『文学界』十月号に発表。十月、北米アイオワ大学国際創作プログラム（ＩＷＰ）に招かれ、フルブライト奨学金を受けて客員詩人として、家族とともにアイオワ州アイオワ・シティに滞在（〜七二年四月）。十二月、物語エッセー『ねこに未来はない』を上梓。

一九七二（昭和四十七）年●三十二歳
ボブ・ディラン、クリス・クリストファソン等、アメリカの同時代の歌の新しいあり方につよい共感をもつ。春、ミシシッピの源流から河口まで、みずから運転して、車で走破する。五月、ニューヨークをへて、欧州へ。フランコ治下のスペインを家族とともに車で一周。六月、帰国。八月、杉並区宮前に移る。以後母と一緒に住む。翌年母は父と離婚。

一九七三（昭和四十八）年●三十三歳
『言葉殺人事件』になる一連の詩を書きはじめる。夏、シンガポール、バリ島、インドネシア、フィリピンを旅する。十二月、浜田知明のコロタイプ版画四点を付して詩集『メランコリックな怪物』（番号入り限定版一千部）を上梓。

一九七四（昭和四十九）年●三十四歳
一月、タヒチ島に旅する。四月、朝日新聞書評委員（〜七五年三月）。十二月、絵本『帽子から電話です』（絵・長新太）を上梓。

一九七五（昭和五十）年●三十五歳
五月、スペイン市民戦争で死んだジョン・コーンフォードの足跡をたずねロンドン滞在。「ある詩人の墓碑銘」を書く。
一九七六（昭和五十一）年●三十六歳
一月、読売新聞書評委員（〜十二月）。アジア北アフリカ人間科学国際会議に招かれてメキシコ・シティに行く。テポストランへ旅する。帰国後、年初に罹ったインフルエンザの急速解熱剤注射（のちに禁止になった）の副作用と後遺症に襲われ、以後およそ九年にわたって、毎月、高熱と発汗と悪寒に苦しんで倒れる日々の繰りかえしを、余儀なくされる。六月、『猫がゆく――サラダの日々』（絵・長新太）を上梓。
一九七七（昭和五十二）年●三十七歳
『私の二十世紀書店』となる本についてのエッセーを書きはじめる。二月、北アメリカを、西海岸からミシシッピ河へ、さらに北メキシコ、ソノーラ砂漠をへて西海岸へ、ほぼ一カ月かけて走破する。
一九七八（昭和五十三）年●三十八歳
四月、毎日新聞書評委員（〜八〇年三月）。
一九七九（昭和五十四）年●三十九歳
「読書のデモクラシー」をテーマに、本にかかわるエッセーを連続して書きはじめる。十一月、『はしれ！　ショウガパンうさぎ』（ランダル・ジャレル）を翻訳出版。
一九八〇（昭和五十五）年●四十歳
「詩は食卓にあり」を主題に、『食卓一期一会』の詩篇を持続的に書きはじめ、以後七年間で六十六篇書く。

一九八一（昭和五十六）年●四十一歳
「一人称で語る権利」をテーマとする話し言葉によるエッセーを書きはじめる。フィンランドの工法による木の家を、自宅として建てる。東映アニメ『吾輩は猫である』の主題歌を書く。六月、福島県立福島東高等学校校歌を作詩（作曲・湯浅穣二）。

一九八二（昭和五十七）年●四十二歳
三月、『私の二十世紀書店』を上梓し、十一月、第36回毎日出版文化賞を受賞。

一九八三（昭和五十八）年●四十三歳
『詩人であること』を上梓。「本を読む。それは『一冊の本』を読むことである。本を書く。それは『一冊の本』にむかって書くのである」

一九八四（昭和五十九）年●四十四歳
詩集『深呼吸の必要』を上梓。十月、TV「訪問インタビュー・長田弘」（NHK教育テレビ全四回放映）。長く苦しんだ薬害の後遺症をこの頃ようやく脱する。この年の夏より、北アメリカ大陸を毎年数度にわたり数千マイル車で旅するようになり、一州をのぞき全部の州をあわせて十万マイルあまり走破する。

一九八五（昭和六十）年●四十五歳
六月、一九七二年までに書かれた文章のすべて（詩集をのぞく）を編んで、『詩と時代1961―1972』を上梓。この年、中央大学法学部総合講座講師（非常勤）を務める。

一九八六（昭和六十一）年●四十六歳
のちに『詩人の紙碑』としてまとめるエッセーを断続的に発表しはじめる。

一九八七（昭和六十二）年●四十七歳

詩集『食卓一期一会』を上梓。秋、フランクフルト・ブック・フェアに。南ドイツ、そしてマドリードに旅する。

一九八八（昭和六十三）年●四十八歳

TV「朝の詩――『食卓一期一会』より」に出演（日本テレビ全五回放映）。十一月、詩「ファーブルさん」を『ビデオ・ファーブル昆虫記の旅』別冊に発表。

一九八九（平成元）年●四十九歳

一月、父の訃に接する。『双書・二十世紀紀行』（全十二巻）巻末で、鶴見俊輔氏との対話「旅の話」（～九二年十月）。七月、『詩のすきなコウモリの話』（ランダル・ジャレル）を翻訳出版。十一月、五十歳の誕生日が「ベルリンの壁」の崩壊の日にかさなった。

一九九〇（平成二）年●五十歳

一月、『失われた時代――1930年代への旅』を上梓。「明らかにしたかったのは、失われた時代を生きた人びとの生き方と、そして死に方にきざまれたフィロソフィー・オブ・ライフ、書かれざる哲学である」。春、次男とともにアトランタからキー・ウェストまで車で三週間、往復の旅をする。十月、詩集『心の中にもっている問題』で第1回富田砕花賞を、翌年三月、第13回山本有三記念路傍の石文学賞を受賞。十一月、TV「20世紀の群像／オーウェル」（NHK教育テレビ全四回放映）。

一九九一（平成三）年●五十一歳

詩「世界は一冊の本」を朝日新聞一月一日付に発表。春、ノルウェーを旅する。十月、「映画で読む二十世紀」として、田中直毅氏との二十世紀の経験をふりかえる対話（～九二年十月）。

一九九二（平成四）年●五十二歳

「詩は友人を数える方法」を『群像』一月号より連載（〜九三年三月号、全十五回）。

一九九三（平成五）年●五十三歳

三月末、母が亡くなった。享年八十歳。十一月、『詩は友人を数える方法』を上梓。もっとも愛着のあるエッセーである。絵本『クリスマスのおくりもの』（ジョン・バーニンガム）を翻訳出版。

一九九四（平成六）年●五十四歳

二十世紀の子どもの本の世界をふりかえる河合隼雄氏との「子どもの本の森へ」の対話（〜九五年六月、九七年八月）。「司馬遼太郎氏への手紙」を『図書』三月号に書く。司馬氏とのやりとりは、司馬氏没後上梓した『詩人の紙碑』の「あとがき」に記する。四月に上梓された『われらの星からの贈物』に、「ウィルフレッドXの最後の手紙」を書く。五月、詩集『世界は一冊の本』を上梓。六月、絵本『ことば』（アン＆ポール・ランド）を翻訳出版。七月、詩「はじめに……」を朝日新聞第一面に特集「戦後50年」序詩として発表。「RENTAI」（愛高組新聞）に年一回詩を連載（〜二〇一二年）。

一九九五（平成七）年●五十五歳

「伝記で読む二十世紀」として、田中直毅氏との二十一世紀へむけての対話を、一月から『世界』に連載（〜九六年十二月）。この夏以降、TVコラム「視点・論点」（NHKテレビ）に出演（不定期）。二月、絵本『いっしょにきしゃにのせてって！』（ジョン・バーニンガム）を翻訳出版。十月より詩「黙されたことば」を朝日新聞日曜版に連載（〜九六年三月　全二十五篇）。

一九九六（平成八）年●五十六歳

「露伴の子どもの本」にはじまる「子どもたちの日本」をテーマとする一連のエッセーを書きはじめる。六月、絵本『ねこのき』（絵・大橋歩）を上梓。七月、ボブ・ディランにはじまるフォーク・ロック&カントリーに長く親しんだ経験を、『アメリカの心の歌』として上梓。十月、福島県伊達町「伊達町民のうた」を作詩。（作曲・板垣忠直）。

一九九七（平成九）年●五十七歳

四月、詩集『黙された言葉』を上梓。この年より、鎌倉建長寺の雑誌『巨福』（年二回刊）に、詩を連載（〜二〇一三年）。春、長男と共にラスヴェガスからニューオーリンズへ車でほぼ一カ月、往復の旅をする。海外子女文芸作品コンクール（詩部門）審査委員（〜二〇一三年）。

一九九八（平成十）年●五十八歳

一月、詩文集『記憶のつくり方』を上梓し、六月、第1回桑原武夫学芸賞を受賞。十月、絵本『地球というすてきな星』（ジョン・バーニンガム）を翻訳出版。十二月、「新・私の郷土史」（山形放送制作）で、TVによる自伝（東北エリア放映）。

一九九九（平成十一）年●五十九歳

二月、『本という不思議』を上梓。四月、明治期の本を読みかえすエッセーを、熊本日日新聞に月一回ずつ一年連載。六月、『私の好きな孤独』を上梓。七月、絵本『そらとぶいぬ』（テッド・ヒューズ作）を翻訳出版。中部電力児童文学賞（ちゅうでん児童文学賞）の選考委員に就任（〜二〇一五年）。朝日新聞八月十五日特集「1999終戦の日に」で、「言葉の力」について、「今の日本でかつてなく弱まっているのは、人間を生き生きとさせる、言葉のもつ普遍的な力です」

二〇〇〇（平成十二）年●六十歳

三月、詩「はじめに……」が合唱曲（作曲・松下耕）として第67回NHK学校音楽コンクール課題曲に。五月、絵本『森の絵本』（絵・荒井良二）で第31回講談社出版文化賞を受賞。六月、『子どもたちの日本』を上梓。九月、詩集『一日の終わりの詩集』を上梓。九月より、みずから選書して訳した『詩人が贈る絵本Ⅰ』シリーズ（全七冊）の刊行はじまる（〜十二月）。

二〇〇一（平成十三）年●六十一歳

四月、『すべてきみに宛てた手紙』を上梓。五月、近代文学館第25回「声のライブラリー」に出演。『A Forest Picture-Book』（対訳版『森の絵本』ピーター・ミルワード訳）刊。六月、『読書からはじまる』を上梓。八月、エッセー「アメリカの何処かで」を雑誌「潮」に連載開始（〜〇二年七月・全十二回）。十一月、『詩人が贈る絵本Ⅱ』シリーズ（全七冊）の刊行はじまる（〜〇二年三月）。

二〇〇二（平成十四）年●六十二歳

朝日新聞一月七日付で、2001・9・11の同時多発テロ以後の世界について、坂本龍一氏と対話。二月より、季刊「住む。」に「Made in Poetry」（連作詩）を連載（〜一五年春号）。三月、ニューヨーク滞在。「リンカーン　ゲティスバーグ演説」を、『詩人が贈る絵本Ⅱ』の一冊に訳す。五月、福島県立葵高等学校校歌「葵のように」を作詩（作曲・松下耕）。九月、対談集『本の話をしよう』を上梓。十一月、絵本『父さんと釣りにいった日』（シャロン・クリーチ）を翻訳出版。十一月、「二十世紀以後の日本の詩」から「本」を主題とする詩九十二篇を選んだ詞華集『本についての詩集』を上梓。十二月、NHKラジオ第二「私の日本語辞典」（全三回）放送。

二〇〇三（平成十五）年●六十三歳

一月、絵本『旅するベッド』（ジョン・バーニンガム）を翻訳出版。三月、自選詩七十九篇を収録した『長田弘詩集』（イラスト・あべ弘士　文庫版）を上梓。三月、絵本『みんなのすきな学校』（シャロン・クリーチ）を翻訳出版。五月、季刊「えるふ」（ちゅうでん発行）に「詩の樹」連載開始（～一一年七月）。五月、福島県立相馬東高等学校校歌を作詩（作曲・荒憲一）。九月、絵本『ハーメルンの笛ふき男』（物語・ロバート・ブラウニング）を翻訳出版。十月、詩集『死者の贈り物』を上梓。絵本『世界をみにいこう』（マイケル・フォアマン）を翻訳出版。

二〇〇四（平成十六）年●六十四歳

四月、子どもの本の読書エッセー「小さな本の大きな世界」を東京新聞に連載開始（～一五年五月）。『吟遊詩人たちの南フランス』（W・S・マーウィン）に巻末エッセー「Read the seeds」（「この地球に初めてそだつ樹」）を掲載。五月、『深呼吸の必要』にインスパイアされて誕生した映画「深呼吸の必要」（監督・篠原哲雄）が公開される。七月、十万マイルに及ぶアメリカの旅の記憶を書きあげたエッセー『アメリカの61の風景』を上梓。絵本『あいうえお、だよ』（絵・あべ弘士）を上梓。十月、詩画集『肩車』（絵・いわさきちひろ）を上梓。十二月より読売新聞「こどもの詩」の選者となり、選考・講評にあたる（～一五年四月）。

二〇〇五（平成十七）年●六十五歳

一月、NHK教育テレビ「新日曜美術館　かけがえのない風景　グランマ・モーゼスの世界」に出演。三月、詩文集『人生の特別な一瞬』を上梓。五月、韓国ソウルへの旅。この年以降二〇一四年まで、韓国への旅を繰り返すようになる。

二〇〇六（平成十八）年●六十六歳

四月、絵本『バスラの図書館員』（ジャネット・ウィンター）を翻訳出版。五月、本をめぐる詩「幸いなるかな本を読む人」を月刊「本の時間」（毎日新聞社）に連載開始（〜〇八年五月号・全二十五回）。絵本『ルイーザ・メイとソローさんのフルート』（絵・メアリー・アゼアリアン）を翻訳出版。六月、『知恵の悲しみの時代』を上梓。絵本『ビアトリクス・ポターのおはなし』（ジャネット・ウィンター）を翻訳出版。七月、詩集『人はかつて樹だった』を上梓。「うたと詩の記憶」を雑誌「SIGHT」に連載開始（全七回。〇六年夏号〜〇八年春号。『アメリカの心の歌 expanded edition』に収録）。

二〇〇七（平成十九）年●六十七歳

一月、ＮＨＫラジオ第一「ラジオ深夜便　心の道しるべ」に出演（「樹によせることば」）。四月、『本を愛しなさい』を上梓。五月、絵本『ちいさなこまいぬ』（キム・シオン）を翻訳出版。九月、『エミリ・ディキンスン家のネズミ』（エリザベス・スパイアーズ）を翻訳出版。ＣＤ「童謡みっけ」に作詩曲「いちにちのうた」収録。作曲・中川ひろたか。十一月、詩画集『空と樹と』（画・日高理恵子）を上梓。

二〇〇八（平成二十）年●六十八歳

五月、四十年にわたる言葉への旅の記録を集成した『読むことは旅をすること　私の20世紀読書紀行』を上梓。七月、詩集『幸いなるかな本を読む人』を上梓。十一月、日本経済新聞に「樹の絵　十選」を連載。（〜十二月・全十回）。十二月、ＮＨＫ教育テレビ「新日曜美術館　魂の色と形を求めて　洋画家・山口薫」に出演。

二〇〇九（平成二十一）年●六十九歳

二月、対談集『問う力』を上梓。詩「猫のボブ」を文藝春秋二月号に発表（ボブは生涯最後に共に暮らした猫）。三月、絵本『アンデスの少女ミア』（マイケル・フォアマン）を翻訳出版。四月、詩集『世界はうつくしいと』を上梓。五月、詩集『幸いなるかな本を読む人』で、第24回詩歌文学館賞を受賞（詩部門）。福島県文学賞審査委員（詩部門）に就任（～一四年）。六月四日、妻瑞枝、卵巣がんで死去。享年六十八歳。

二〇一〇（平成二十二）年●七十歳

「福島民報」元旦の紙面「新年詠」に詩を掲載（～一五年）。三月、アンソロジー『長田弘詩集　はじめに……』（現代日本の詩⑩）刊行。絵本『百年の家』（絵・ロベルト・インノチェンティ）を翻訳出版。四月、詩集『世界はうつくしいと』で第5回三好達治賞受賞。六月、詩画集『詩ふたつ』（画・クリムト）を上梓。七月、自ら選定・集成した『202人の子どもたち　こどもの詩2004―2009』を刊行。八月、アメリカ、オレゴン州ポートランドへの旅。十月、朝日カルチャーセンターの講座「長田弘の詩の世界」が始まる（～一四年三月まで全四十二回。一四年四月～一五年三月「長田弘　土曜詩話」として講演）。十二月、体調不良。高熱が続く。病院で検査を受ける。

二〇一一（平成二十三）年●七十一歳

二月、『われら新鮮な旅人 definitive edition』を上梓。二月二十八日、三鷹市杏林大学付属病院に入院。検査の結果、胆管がんと判り三月末の手術に備えて、三月十一日に一時退院。帰宅直後に、東日本大震災が発生した。三月二十四日、胆管がん手術、四月十日退院。四月、絵本『この世界いっぱい』（文・スキャンロン　絵・フレイジー）を翻訳出版。九月、絵本『めっけもののサイ』（シェル・シルヴァスタイン）を翻訳出版。十月、絵本『空の絵本』（絵・荒井良二）を上梓。十一月、詩集『詩の樹の下で』を上梓。

二〇一二（平成二十四）年●七十二歳
三月、NHK第一「ラジオ深夜便・ないとエッセー」に四夜連続出演（「わたしのフクシマ・レクイエム」）。四月、エッセー「ことばの果実」を雑誌「パンプキン」に連載開始（〜一四年三月号・全二十四回）。五月、詩歌文学館賞（詩部門）選考委員に就任。六月、オーストリアへの旅（ウィーン、ザルツブルグ）。七月、絵本『いつでも星を』（文・レイ絵・フレイジー）を翻訳出版。十月、絵本『ジャーニー』（絵・渡邉良重）を上梓。十一月、福島県県外在住功労者知事表彰を受賞。十一月、韓国ソウル、釜山、慶州、安東、江陵、平昌をバスで旅行。

二〇一三（平成二十五）年●七十三歳
二月、NHK「視点・論点」十七年間を集成した『なつかしい時間』を上梓。二月、「ミュージック・フロム・ジャパン2013音楽祭」（福島市音楽堂）で「おやすみなさい」（作曲・湯浅譲二）を初演。四月、日本記者クラブで講演（「なつかしい時間　福島出身の詩人が語る3・11」）。四月、イタリア、シチリアへ旅行。毎日新聞夕刊「特集ワイド」ロング・インタビュー。五月、日本詩歌文学館で記念講演（「詩と固有名」）。六月、世界各国で暮らす日本の子どもたちの詩を選評した『ラクダのまつげはながいんだよ』を刊行。七月、詩集『奇跡—ミラクル—』を上梓。絵本『最初の質問』（絵・いせひでこ）を上梓。九月、絵本『ん』（絵・山村浩二）を上梓。「世界の最初の一日」ほか九篇の詩をテキストとした池辺晋一郎作曲「交響曲第九番」が初演される（東京オペラシティ・タケミツメモリアル)。

二〇一四年（平成二十六）年●七十四歳

一月、『奇跡―ミラクル―』で第55回毎日芸術賞を受賞（文学Ⅱ部門）。二月、日本記者クラブで講演（「詩人の目に映る復興、風景、故郷」毎日芸術賞受賞記念）。三月、NHK・Eテレ「こころの時代～宗教・人生」に出演（「風景を生きる」）。四月、ボブ・ディラン来日ライヴを聴き、「ディランが歌いつづける『いま』と『ここ』」を雑誌「潮」七月号に発表（『幼年の色、人生の色』に収録）。エッセー「ことばの花実」を雑誌「パンプキン」に連載開始（～一五年五月号・全十四回）。七月、エッセー「日々を楽しむ」を共同通信地方紙に連載開始（～十二月・全六回）。八月、イタリアへの旅（フィレンツェ、アレッツォ、アシッジ、トスカーナ地方）。九月、がん再発。最後の仕事として、『長田弘全詩集』の刊行を決意、準備に入る。十月、抗がん剤治療開始。十二月、ソウルへの旅。

二〇一五（平成二十七）年●七十五歳

一月、抗がん剤治療中断。杏林大学付属病院に入院（二十八日～二月六日）。二月、福島県石川郡平田村立ひらた清風中学校校歌「あぶくま　わたしたち」を作詩（作曲・池辺晋一郎）。二月二十日、再入院（～三月四日退院）。入院中も自宅療養中も『全詩集』の巻末書き下ろし「場所と記憶」の執筆を続ける。退院後は、自宅にて訪問医の診療を受ける。四月、読売新聞（「こどもの詩」）、東京新聞（「小さな本の大きな世界」）雑誌「パンプキン」（「ことばの花実」）、季刊「住む。」（「Made in Poetry」）などすべての連載を四月で終了することを各社に通知。五十年間十八冊の詩集、四百七十一篇の詩を収めた『長田弘全詩集』を上梓。刊行後、連日新聞社のインタビューを受ける。五月二日の毎日新聞社のインタビューとなった。五月三日午後、自宅にて死去。九日には朝日カルチャーセンター「長田弘　土曜詩話」の最終講座「『長田弘全詩集』ができるまで」が予定されていた。七月、詩集『最後の詩集』（書名は生前すでに決められていた）。NHK総合テレビ「あの人に会いたい」で放送。八月、生前より刊行準備が進んでいたエッセー『本に語らせよ』。十月、「パンプキン」連載のエッセー『ことばの果実』が単行本として刊行される。

二〇一六（平成二十八）年

二月、寄贈の蔵書八千五百冊によって福島県立図書館に「長田弘文庫」が開設される。二月、絵本『幼い子は微笑む』（絵・いせひでこ）。四月、エッセー『小さな本の大きな世界』（絵・酒井駒子）。十月、猫のボブ死去。十一月、エッセー『幼年の色、人生の色』。

二〇一七（平成二十九）年

翻訳『エミリ・ディキンスン家のネズミ』新装版。十一月、絵本『帽子から電話です』新装版刊行。十一月、詩集『食卓一期一会』文庫版刊行。

（著者自筆年譜〈〜〇二年〉。二〇〇三年以降は、本人のメモを元に構成）

著書目録

◎詩集

『われら新鮮な旅人』　一九六五年思潮社
　二〇一一年 definitive edition みすず書房
『長田弘詩集／現代詩文庫』（「われら新鮮な旅人」所収）　一九六八年思潮社
『メランコリックな怪物』　一九七三年（限定版）思潮社
　一九七九年（増補版）晶文社
『言葉殺人事件』　一九七七年晶文社
『深呼吸の必要』　一九八四年晶文社／二〇一八年ハルキ文庫
『食卓一期一会』　一九八七年晶文社／二〇一七年ハルキ文庫
『物語』（長詩のみ・現代詩人コレクション）　一九九〇年沖積舎
『心の中にもっている問題』　一九九〇年晶文社
『世界は一冊の本』　一九九四年晶文社
　二〇一〇年 definitive edition みすず書房
『続・長田弘詩集／現代詩文庫』（定本「メランコリックな怪物」「言葉殺人事件」所収）　一九九七年思潮社
『黙されたことば』　一九九七年みすず書房
『記憶のつくり方』　一九九八年晶文社／二〇一二年朝日文庫
『一日の終わりの詩集』　二〇〇〇年みすず書房
『長田弘詩集』自選、二〇〇三年ハルキ文庫
『死者の贈り物』　二〇〇三年みすず書房
『人生の特別な一瞬』　二〇〇五年晶文社

『人はかつて樹だった』二〇〇六年みすず書房
『空と樹と』（画・日高理恵子）
二〇〇七年エクリ
『幸いなるかな本を読む人』
二〇〇八年毎日新聞社
『世界はうつくしいと』
二〇〇九年みすず書房
『長田弘詩集　はじめに……』
二〇一〇年岩崎書店
『詩ふたつ』（画・クリムト）
二〇一〇年クレヨンハウス
『詩の樹の下で』二〇一一年みすず書房
『奇跡―ミラクル―』二〇一三年みすず書房
『長田弘全詩集』二〇一五年みすず書房
『最後の詩集』二〇一五年みすず書房
『誰も気づかなかった』二〇二〇年みすず書房

◎エッセー
『アウシュヴィッツへの旅』
一九七三年中公新書
『見よ、旅人よ』
一九七五年講談社／一九八六年朝日選書
『私の二十世紀書店』一九八二年中公新書
一九九九年（定本）みすず書房
『詩人であること』一九八三年岩波書店
一九九七年岩波同時代ライブラリー
『風のある生活』一九八四年講談社
『一人称で語る権利』一九八四年人文書院
一九九八年（定本）平凡社ライブラリー
『詩と時代1961―1972』
一九八五年晶文社
『笑う詩人』一九八九年人文書院
『失われた時代――1930年代への旅』
一九九〇年筑摩叢書
『散歩する精神』一九九一年岩波書店
『読書のデモクラシー』一九九二年岩波書店
『感受性の領分』一九九三年岩波書店
『詩は友人を数える方法』一九九三年講談社
一九九九年講談社文芸文庫
『われらの星からの贈物』

『小道の収集』　一九九四年みすず書房
『自分の時間へ』　一九九五年講談社
『詩人の紙碑』　一九九六年朝日選書
『アメリカの心の歌』　一九九六年岩波新書
　二〇一二年 expanded edition みすず書房
『本という不思議』　一九九九年みすず書房
『私の好きな孤独』　一九九九年潮出版社
　二〇一三年（新装版）潮出版社
『子どもたちの日本』　二〇〇〇年講談社
『すべてきみに宛てた手紙』
　二〇〇一年晶文社
『読書からはじまる』
　二〇〇一年日本放送出版協会
　二〇〇六年ＮＨＫライブラリー
『アメリカの61の風景』
　二〇〇四年みすず書房
『知恵の悲しみの時代』
　二〇〇六年みすず書房
『本を愛しなさい』　二〇〇七年みすず書房
『読むことは旅をすること——私の20世紀読書紀行』　二〇〇八年平凡社
『なつかしい時間』　二〇一三年岩波新書
『本に語らせよ』　二〇一五年幻戯書房
『ことばの果実』　二〇一五年潮出版社
『小さな本の大きな世界』（絵・酒井駒子）
　二〇一六年クレヨンハウス
『幼年の色、人生の色』
　二〇一六年みすず書房

◎物語エッセー／絵本

『ねこに未来はない』（絵・長新太）
　一九七一年晶文社／一九七五年角川文庫
『帽子から電話です』（絵・長新太）
　一九七四年偕成社／二〇一七年新装版
『猫がゆく——サラダの日々』（絵・長新太）
　一九七六年角川書店／一九九一年晶文社
『ねこのき』（絵・大橋歩）
　一九九六年クレヨンハウス
『森の絵本』（絵・荒井良二）

『森の絵本』対訳版（ピーター・ミルワード訳）　二〇〇一年講談社
『あいうえお、だよ』（絵・あべ弘士）　二〇〇四年角川春樹事務所
『肩車』（絵・いわさきちひろ）　二〇〇四年講談社
『空の絵本』（絵・荒井良二）　二〇一一年講談社
『ジャーニー』（絵・渡邉良重　ジュエリー・薗部悦子）　二〇一二年リトルモア
『最初の質問』（絵・いせひでこ）　二〇一三年講談社
『ん』（絵・山村浩二）　二〇一三年講談社
『幼い子は微笑む』（絵・いせひでこ）　二〇一六年講談社
『水の絵本』　二〇一九年講談社
『風のことば　空のことば——語りかける辞典』　二〇二〇年講談社

◎対話／共著／編著など
『日本人の世界地図』（鶴見俊輔・高畠通敏）　一九七八年潮出版社
　一九九七年岩波同時代ライブラリー
『歳時記考』（鶴見俊輔・なだいなだ・山田慶児）　一九八〇年潮出版社
　一九九七年岩波同時代ライブラリー
『旅の話』（鶴見俊輔）　一九九三年晶文社
『映画で読む二十世紀（この百年の話）』（田中直毅）　一九九四年朝日新聞社
　二〇〇〇年朝日文庫
『対話の時間』（養老孟司・岸田秀・石垣りん・谷川俊太郎ほか）　一九九五年晶文社
『二十世紀のかたち（十二の伝記を読む）』（田中直毅）　一九九七年岩波書店
『子どもの本の森へ』（河合隼雄）　一九九八年岩波書店
『本の話をしよう』（江國香織・池田香代子・里中満智子・落合恵子）二〇〇二年晶文社
『本についての詩集』（選）

『問う力　連続対談』　二〇〇二年みすず書房
『202人の子どもたち　こどもの詩2004—2009』　二〇一〇年中央公論新社
『ラクダのまつげはながいんだよ　日本の子どもたちが詩でえがいた地球』　二〇一三年講談社

◎翻訳
『はしれ！　ショウガパンうさぎ』（ランダル・ジャレル）　一九七九年岩波書店
　一九九二年新装版
『詩のすきなコウモリの話』（ランダル・ジャレル　絵・センダック）　一九八九年岩波書店
『クリスマスのおくりもの』（ジョン・バーニンガム）　一九九三年ほるぷ出版
『ことば』（アン&ポール・ランド）　一九九四年ほるぷ出版
『いっしょにきしゃにのせてって！』（ジョン・バーニンガム）　一九九五年瑞雲舎
『地球というすてきな星』（ジョン・バーニンガム）　一九九八年ほるぷ出版
『そらとぶいぬ』（ヒューズ　絵・ルーカス）　一九九九年メディアファクトリー
〈詩人が贈る絵本〉Ｉ　全七冊
『白バラはどこに』（ガラーツ　絵・イーノセンティ）　二〇〇〇年みすず書房
『……の反対は？』（リチャード・ウィルバー）　二〇〇〇年みすず書房
『十月はハロウィーンの月』（ジョン・アップダイク）　二〇〇〇年みすず書房
『おやすみ、おやすみ』（シルヴィア・プラス）　二〇〇〇年みすず書房
『夜、空をとぶ』（ランダル・ジャレル　絵・センダック）　二〇〇〇年みすず書房
『アイスクリームの国』（アントニー・バージェス）　二〇〇〇年みすず書房
『ジョーイと誕生日の贈り物』（アン・セクストン）　みすず書房

〈詩人が贈る絵本〉Ⅱ 全七冊
『私、ジョージア』（ジャネット・ウィンター） 二〇〇一年みすず書房
『人生の最初の思い出』（パトリシア・マクラクラン） 二〇〇一年みすず書房
『いちばん美しいクモの巣』（アーシュラ・K・ル＝グウィン） 二〇〇一年みすず書房
『子どもたちに自由を！』（トニ・モリソン） 二〇〇二年みすず書房
『魔法使いの少年』（ジャック・センダック） 二〇〇二年みすず書房
『おばあちゃんのキルト』（ナンシー・ウィラード） 二〇〇二年みすず書房
『リンカーン　ゲティスバーグ演説』（絵・マイケル・マカーディ） 二〇〇二年みすず書房
『父さんと釣りにいった日』（シャロン・クリーチ） 二〇〇二年文化出版局
『旅するベッド』（ジョン・バーニンガム） 二〇〇三年ほるぷ出版
『みんなのすきな学校』（シャロン・クリーチ） 二〇〇三年講談社
『ハーメルンの笛ふき男』（ロバート・ブラウニング） 二〇〇三年童話館出版
『世界をみにいこう』（マイケル・フォアマン） 二〇〇三年フレーベル館
『バスラの図書館員　イラクで本当にあった話』（ジャネット・ウィンター） 二〇〇六年晶文社
『ルイーザ・メイとソローさんのフルート』（ダンラップ＋ロルビエッキ　絵・アゼアリアン） 二〇〇六年BL出版
『ビアトリクス・ポターのおはなし』（ジャネット・ウィンター） 二〇〇六年晶文社
『ちいさなこまいぬ』（キム・シオン） 二〇〇七年コンセル
『エミリ・ディキンスン家のネズミ』（スパイアーズ　絵・ニヴォラ） 二〇〇七年みすず書房

『なぜ戦争はよくないか』（アリス・ウォーカー）　二〇〇八年偕成社

『アンデスの少女ミア　希望や夢のスケッチブック』（マイケル・フォアマン）　二〇〇九年ＢＬ出版

『百年の家』（ルイス　絵・インノチェンティ）　二〇一〇年講談社

『この世界いっぱい』（スキャンロン　絵・フレイジー）　二〇一一年ブロンズ新社

『めっけもののサイ』（シルヴァスタイン）　二〇一一年ＢＬ出版

『いつでも星を』（メアリ・リン・レイ　絵・フレイジー）　二〇一二年ブロンズ新社

◎解説

『中井正一評論集』（長田弘編）　一九九五年岩波文庫

『新編　悪魔の辞典』（ビアス　西川正身訳）　一九九七年岩波文庫

『吟遊詩人たちの南フランス』（マーウィン

北沢格訳）　二〇〇四年早川書房

本書は一九八四年三月に晶文社より単行本として刊行されました。
ルビは文庫化にあたり、編集部で付けたものです。
旧漢字は『長田弘全詩集』（みすず書房）を参照して、新漢字に変えました。

ハルキ文庫

お 9-3

深呼吸《しんこきゅう》の必要《ひつよう》

著者 長田《おさだ》 弘《ひろし》

2018年10月18日第 一 刷発行
2025年 6 月 8 日第十二刷発行

発行者 角川春樹

発行所 株式会社角川春樹事務所
〒102-0074 東京都千代田区九段南2-1-30 イタリア文化会館

電話 03(3263)5247(編集)
03(3263)5881(営業)

印刷・製本 中央精版印刷株式会社

フォーマット・デザイン 芦澤泰偉
表紙イラストレーション 門坂 流

ISBN978-4-7584-4204-6 C0192 ©2018 Hiroshi Osada Printed in Japan
http://www.kadokawaharuki.co.jp/[営業]
fanmail@kadokawaharuki.co.jp[編集] ご意見・ご感想をお寄せください。

食卓一期一会
長田 弘

〈食卓は、ひとが一期一会を共にする場。人生はつまるところ、誰と食卓を共にするかということではないだろうか〉（後記より）「天丼の食べかた」「朝食にオムレツを」「ドーナッツの秘密」「パイのパイのパイ」「アップルバターのつくりかた」「ユッケジャンの食べかた」「カレーのつくりかた」――美味しそうなにおい、色、音で満ち溢れた幸福な料理と生きることの喜びが横溢する、食べものの詩六十六篇。（解説・江國香織）